AF329551

DISCOURS

PRONONCÉ

DANS L'ACADÉMIE

FRANÇOISE,

Le Jeudy trente-uniéme Janvier MDCCIV.

PAR MONSIEUR LE COADJUTEUR DE STRASBOURG,
lorsqu'il fut receu dans cette Académie, à la place
de feu M. PERRAULT.

A PARIS,

Chez JEAN BAPTISTE COIGNARD, Imprimeur & Libraire
ordinaire du Roý, & de l'Académie Françoife, ruë S. Jacques,
à la Bible d'or.

M. DCCIV.

MONSIEUR LE COADJUTEUR DE STRASBOURG *ayant esté élû par Messieurs de l'Académie Françoise, à la place de feu M.* PERRAULT, *y vint prendre seance le Jeudy* 31. *Janvier* 1704. *& prononça le Discours qui suit.*

MESSIEURS,

Le public qui s'interesse à l'honneur de voftre Compagnie, qui connoift le prix de vos suffrages, & qui voit l'ardeur avec laquelle on s'empreffe de les meriter, s'étonnera peut-eftre que j'aye differé si long-temps

A ij

à vous marquer, combien je suis sensible à
la grace que vous m'avez faite. Je ne me le
pardonnerois pas moy-mesme, & rien ne
pourroit me justifier, si vous n'aviez ap-
prouvé, avec autant de bonté, que de justice
les raisons qui m'obligerent à partir pour
une Province éloignée, dans le temps que
vous m'honoraftes de vostre choix. Raisons
fondées sur des devoirs, si indispensables,
que bien loin de m'excuser, si je les avois sa-
crifiées à ma reconnoissance, vous m'auriez
fait un crime de mon empressement ; & je
suis sûr que vous approuverez encore celles
qui ont retardé mon retour.

La gloire du Roy, MESSIEURS, est
l'objet de vos plus nobles occupations ;
Pouvois-je quitter des lieux où je la voyois
croistre chaque jour par de nouvelles victoi-
res ? Pouvois-je me dispenser d'y rendre au
Seigneur de publiques actions de graces
pour ces heureux succés ; & ne sçavois-je
pas que vous me reverriez avec d'autant
plus de plaisir, qu'ayant esté, pour ainsi
dire, tesmoin de tant de prodiges, je pour-
rois vous en faire un plus fidelle recit ?

J'admirois un jeune Prince animé de

l'esprit de LOUIS LE GRAND, conduit par sa sagesse, & superieur à tout, par son propre courage. Brisach, cette fameuse ville que l'art & la nature sembloient avoir mis à couvert des plus puissants efforts, & que deux armées reünies ne purent autrefois forcer, se soufmettoit à ses armes victorieuses. Ces montagnes escarpées, dont tant de remparts entassez l'un sur l'autre défendoient les approches, s'abbaissoient devant luy. Ce fleuve impetueux qui entoure de ses eaux cette Place redoutable, le respectoit, comme il a respecté tant de fois son auguste Ayeul & son auguste Pere. Tant de difficultez ne servoient qu'à rendre son triomphe plus éclatant & à justifier en mesme temps la timide, mais sage précaution de ses ennemis, qui au seul bruit de son nom, abandonnerent un poste qu'une riviere & de profonds retranchements auroient dû rendre inaccessible. Dignes exploits d'un jeune Heros qui a Louis pour guide dans la route de la gloire, & qui asseure à la France la continuation du bonheur dont elle joüit!

Aprés cette conqueste nostre armée s'avance, les travaux & les perils redoublent

ſes forces & ſon audace. Ce n'eſt pas aſſez
pour elle de s'eſtre aſſeuré un paſſage auſſi
avantageux pour la France, & pour un
Prince ſon allié, que fatal à ſes ennemis, il
faut encore qu'elle rende la tranquillité à
nos frontieres, & qu'elle leur faſſe gouſter,
au milieu de la guerre, toutes les douceurs
de la paix. La force de l'importante Place
qu'elle oſe attaquer, le nombre des Ennemis qui la défendent, l'abondance de tout
ce qu'il faut pour rendre un ſiege long &
penible à des aſſiegeants, les rigueurs d'une
ſaiſon avancée, rien ne l'arreſte, elle vole,
ſûre de vaincre, parce qu'elle execute les ordres de ſon Roy. Deja la place eſt preſte à
ſe rendre, elle ne ſe ſouſtient que ſur les aſſu-
rances qu'on luy donne d'un prompt ſecours. Ce ſecours arrive; troupes aguer-
ries, ſuperieures en nombre, animées par la
preſence & par l'intrepidité de leurs Souverains, elles ſe promettent une victoire entiere, elles veulent nous ravir noſtre con-
queſte, elles ne font qu'en augmenter l'é-
clat.

Heureuſe fin d'une campagne, qui nous
marque ſi viſiblement la protection du Ciel

sur la France, que nos Ennemis les plus dé-
clarez ne peuvent s'empêcher de la recon-
noistre; quelques efforts qu'ils faſſent pour
abuser les peuples, victimes innocentes de
leur ambition!

C'eſt à la Religion de noſtre Prince
que nous devons cette protection toute
particuliere, & que de nouveaux évene-
ments rendent encore chaque jour plus ſen-
ſible. Quelles marques éclatantes de ſa
pieté ne voit-on pas en tous lieux, & ſur
tout dans ceux où ſes bienfaits m'ont at-
taché? Le vray culte reſtabli, des Autels
relevez, les Temples ornez de preſents
magnifiques, tant de Miniſtres du Seigneur entretenus par ſes liberalitez, tant
de Villes renduës, pour en conſerver une
ſeule; moins dans la vûë de rendre ſes frontieres plus impenetrables, que dans l'eſpe-
rance de la ramener un jour à la verité,
dont elle s'eſt éloignée depuis prés de deux
ſiecles.

Où m'emporte mon zele MESSIEURS,
& comment oſé-je m'abandonner au penchant de loüer ce Grand Roy, avant que d'a-
voir appris de vous à le loüer dignement?

mais ce penchant, tant il est naturel, entraîne d'une maniere si imperceptible, que le cœur laisse à peine à l'esprit le temps de la reflexion. Je me renfermeray donc dans les sentiments de respect & d'admiration que ses vertus m'inspirent, independamment des graces que sa main puissante & liberale répand tous les jours sur ma famille & sur moy en particulier ; & j'honoreray par mon silence ce qu'il me sera peut-estre permis de celebrer un jour, instruit par vos Leçons, & excité par vos exemples.

Ce n'est pas le seul avantage que j'espere de trouver parmi vous, MESSIEURS ; je sçay que l'on apprend icy parfaitement à annoncer aux peuples la doctrine sacrée, en des termes capables d'augmenter la veneration qu'elle inspire, & c'est le principal attrait qui doit engager un Evêque à prendre place parmi vous. Je sçay qu'en tout genre de litterature c'est icy qu'il faut venir pour s'éclaircir de ses doûtes, pour redresser ses jugements ; que sous les Loix d'une agreable societé, il s'y fait un commerce d'esprit, où chacun trouve à s'enrichir; que tout y excite une noble émulation, que

l'on

l'on y perfectionne noftre langue & qu'enfin c'eft la veritable fource où l'on prend le
gouft du vray , & l'idée de la parfaite éloquence.

C'eft avec de fi grands Maiftres que s'e-
ftoit formé l'illuftre Académicien , auquel
j'ay l'honneur de fucceder. Elevé dans le
fein des Lettres , il les cultiva avec foin dés
fa jeuneffe. Dans un âge plus avancé, hono-
ré de la confiance d'un grand Miniftre , il
ne s'en fervit que pour accréditer les Mufes,
les approcher du Throfne & attirer fur elles
les regards & les faveurs du Prince. La for-
tune luy devint-elle moins favorable ; il
fçut fe confoler avec ces mefmes Mufes ,
tousjours laborieux & appliqué, tousjours
fimple & modefte , fidelle ami , effentielle-
ment honefte homme, parfait Chreftien.

Peut-eftre l'accufera-t'on d'avoir trop fa-
vorifé fon fiecle, en élevant les Modernes au
deffus des Anciens? Mais MESSIEURS, eft-
il permis de le dire ? Si c'eft une faute, n'eft-
ce point à vous qu'on doit l'imputer , &
auroit-il jamais ofé avancer ce paradoxe, s'il
n'en avoit trouvé la preuve & la juftification
dans vos ouvrages, & dans les ouvrages de
ceux mefme qui la luy ont le plus reprochée?

Je vous rapelle le souvenir d'un homme, également digne de voſtre amitié & de voſtre eſtime. Je ne me flatte pas de pouvoir vous conſoler de la perte que vous avez faite en ſa perſonne; encore moins de vous dedommager de voſtre premiere vûë, dans le choix de ſon ſucceſſeur : heureux ſi je n'augmente pas la gloire de l'un & de l'autre , auſſi bien que vos regrets !

Que ne m'eſt-il permis de parler icy de tant d'autres grands hommes, qui nourris dans le ſein de cette Académie, ont enrichi le public & l'enrichiſſent encore tous les jours par leurs écrits ; où la ſcience dépoüillée de cet exterieur rude & ſauvage, ſous lequel certains Sçavants nous la preſentent, paroiſt avec tous les ornements de la politeſſe & du bon gouſt, & ſçait ſe faire aimer de ceux meſme que le ſeul nom de ſcience rebute ?

Voila les biens que vous procurez , Messieurs, non ſeulement à ceux qui commencent à partager avec vous le glorieux titre d'Académicien , mais encore à ceux que des liaiſons particulieres & des conjonctures favorables mettent à portée de vous écouter , ou qui ont au moins

la confolation de vous eftudier dans vos
efcrits.

Par là vous rempliffez les hautes Idées
du Cardinal de Richelieu. Ce grand genie
attentif à procurer la grandeur de fon Maiftre & celle de l'Etat, dans le temps même
qu'il recule nos frontieres, qu'il impofe la
loy à nos ennemis, qu'il captive la mer fous
fes digues , qu'il dompte l'herefie jufques
dans fes plus fiers remparts, que par les ref-
forts fecrets d'une fage politique, immobile
en apparence , il remuë l'Europe entiere ,
unit ce qu'il veut unir , divife ce qu'il veut
divifer ; tandis qu'il repare avec tant de
fplendeur les ruines d'une maifon fondée
fous les aufpices d'un faint Roy , mais où
l'injure des temps n'avoit refpecté que ce
qu'elle ne peut détruire, la fcience & la pieté ; tandis qu'il y joint par une efpece de
prodige la magnificence & la fimplicité, la
frugalité & l'abondance, qu'il n'obmet rien
de tout ce qui peut contribuer à y former
cette fçavante Societé, où la verité rend fes
oracles, & d'où la lumiere fe repand jufqu'-
aux extremités du monde Chreftien : au
milieu de tant de ferieufes occupations , il

s'applique encore à faire fleurir les lettres &
les beaux Arts, il vous establit Juges de la
délicatesse & de la pureté du langage, Arbi-
tres Souverains de l'éloquence. Il sçavoit
que la gloire d'une Nation ne consiste pas
seulement à se faire craindre par la force
des armes, & respecter par sa superiorité
dans la science de la Religion ; mais encore à se rendre aimable par les charmes insi-
nüans de la parole.

Suivez, Messieurs, comme vous
avez fait jusqu'à present les nobles desseins
de vostre Instituteur : suivez ceux du grand
Chancelier, qui luy succeda dans l'empi-
re des lettres, & dont la memoire nous est
si chere & si respectable ; animez-vous encore, s'il est possible, par le desir de meriter
de plus en plus les bontez de celuy qui aux
titres qu'il s'est acquis de Heros, de Con-
querant, d'Arbitre de la paix & de la guerre, de Défenseur de la Religion, de Protecteur des Rois, a bien voulu joindre le titre
de Protecteur de cette Académie. Puissent
vos éloges répondre à ses vertus & à sa gloire, comme ses vertus & sa gloire répondent
à nos vœux! Puissent enfin nos vœux ob-

tenir pour noftre bonheur & le bonheur de
la France, que le regne d'un fi grand Roy,
d'un fi bon maiftre, d'un fi augufte Protecteur foit auffi long qu'il eft glorieux!

F I N.

PRIVILEGE DU ROY.

LOUIS, par la grace de Dieu, Roy de France & de Na-
varre: A nos amez & feaux Confeillers les gens tenans nos
Cours de Parlements, Maiftres des Requeftes ordinaires de noftre Hoftel, Prevoft de Paris, Baillifs, Senefchaux, Juges, leurs
Lieutenants & autres Officiers qu'il appartiendra, SALUT: Noftre
bien amé JEAN BAPTISTE COIGNARD, noftre Imprimeur
ordinaire en l'Univerfité de Paris, Nous ayant fait remonftrer
qu'il auroit efté receu avec noftre agrément pour remplir la palce
d'Imprimeur & Libraire de l'Académie Françoife à la place de
feu JEAN BAPTISTE COIGNARD fon pere, tant pour continuer
l'Impreffion du Dictionnaire de ladite Académie, que pour imprimer les Difcours & Pieces de Poëfie qui font trouvez dignes
de remporter les Prix qu'Elle donne, & les autres Difcours qui
font prononcez, tant aux Receptions d'Académiciens, qu'en d'autres occafions; & generalement tous les Difcours & Pieces de
Poëfie que ladite Académie veut faire imprimer; qu'il defire-
roit auffi en cette qualité, fous noftre bon plaifir, réimprimer
la Relation contenant l'Hiftoire de l'Académie, avec la continuation jufqu'aujourd'huy, &c. faire une nouvelle édition de tous
les Difcours & Pieces de Poëfie qui ont remporté les Prix les an-
nées précedentes, & qui ont efté prononcez par ceux qui ont efté
& qui font du nombre des Quarante de ladite Académie. A CES
CAUSES, voulant favorablement traiter l'Expofant, Nous
luy avons permis & accordé, permettons & accordons par ces
Prefentes d'imprimer ou faire imprimer lefdits Difcours, & Pieces de Poëfie qui ont déja efté imprimez, & autres que l'Académie voudra faire imprimer à l'avenir, tant de par elle que dans les
Receptions des Académiciens, mefme la Relation contenant

l'Hiftoire de ladite Académie, & la continuer jufqu'à prefent, en tels volumes, marges, caracteres, & autant de fois que bon luy femblera pendant le temps de V I N G T A N N E'E S confecutives, à commencer du jour que chacun d'iceux fera achevé d'eftre réimprimé ou imprimé pour la premiere fois, iceux vendre & debiter par tout noftre Royaume. Faifons deffenfes à tous Imprimeurs Libraires & autres de quelle qualité qu'ils foient, d'imprimer ou faire imprimer, ou réimprimer, vendre ni debiter lefdits Difcours de Profe & Pieces de Poëfie, Relation de ladite Hiftoire de l'Académie ou autres Ouvrages que ladite Académie compofera cy-aprés, fous quelque prétexte que ce foit, mefme en confequence de nos anciennes Lettres cy-devant accordées à feu PIERRE LE PETIT en ladite qualité d'Imprimeur de ladite Académie le 29. Septembre 1675. aufquelles nous dérogeons par ces Prefentes, nonobftant le Reglement du 27. Février 1665. ni d'en vendre d'impreffion étrangere & autrement fans le confentement dudit Expofant, on de ceux qui auront droit de luy, fur peine de confifcation des Exemplaires contrefaits, deux mille livres d'amende, dépens, dommages & interefts, à la charge de mettre deux Exemplaires de chacun d'iceux en noftre Bibliotheque publique, un en celle de noftre Cabinet du Chafteau du Louvre, & un en celle de noftre tres-cher & feal Chevalier Commandeur de nos Ordres le Sieur BOUCHERAT, Chancelier de France, à peine de nullité des Prefentes, du contenu defquelles vous mandons & enjoignons faire jouïr l'Expofant & fes ayant caufe, pleinement & paifiblement, ceffant & faifant ceffer tous troubles & empêchements à ce contraires. Voulons qu'en mettant au commencement ou à la fin defdits Livres l'Extrait des Prefentes, elles foient tenuës pour deuëment fignifiées, & qu'aux copies collationnées par l'un de nos amez & feaux Confeillers Secretaires foy foit ajouftée comme à l'Original. Mandons au premier noftre Huiffier ou Sergent fur ce requis, faire pour l'execution des Prefentes tous Exploits, faifies, deffenfes, & autres actes neceffaires, fans demander autre permiffion : Car tel eft noftre plaifir. DONNE' à Verfailles le deuxiéme jour de Juillet l'an de grace 1693. & de noftre Regne le cinquante & un. Par le Roy en fon Confeil, BOUCHER.

Regiftré fur le Livre de la Communauté des Imprimeurs & Libraires de Paris, fuivant l'Edit de 1686. le fixiéme jour de Juillet 1693. Signé, P. AUBOUYN, Syndic.

I